초원

오르막도 없고
내리막도 없는

하늘의 경계마저
허물어 버린

그래서 더
아득해 보이는 초원

밤하늘 별들이 쏟아져
풀꽃이 되는 곳

지나던 바람도 나처럼
이렇게 잠시 쉬어 가는가

가까운 듯 먼 길

가까운 듯 먼 길

ⓒ최경숙, 2022

1판 1쇄 인쇄__2022년 04월 10일
1판 1쇄 발행__2022년 04월 20일

지은이__최경숙
펴낸이__양정섭

펴낸곳__예서
　　　　등록__제2019-000020호

제작·공급__경진출판
　　　　사업장주소__서울특별시 금천구 시흥대로 57길 17(시흥동) 영광빌딩 203호
　　　　전화__070-7550-7776　팩스__02-806-7282
　　　　홈페이지__http://https://mykyungjin.tistory.com
　　　　이메일__mykyungjin@daum.net

값 10,000원
ISBN 979-11-91938-16-6 03810

예서의시 020

가까운 듯 먼 길

최경숙 시집

차례

초원

제1부 꿈길

제2부 남 몰래 흐르는 눈물

제3부 어머니 가신 곳

제4부 내게로 돌아오는 길

제1부

꿈길

나에게 시는

나이를 먹어 갈수록
동글동글 다듬어지기는커녕
점점 뾰족해져 가는 마음에 흠칫 놀란다
얼굴 표정은 굳어지고 말투는 퉁명스럽고
머리는 뜨거운데 가슴은 냉담하고
바늘구멍 꽂을 틈조차 없다

최선을 다했다는 오만도
매사에 형편성과 합리적인 사고로 살아왔다는
겸손도 무너져 내리는 지금
문득 두려움을 느끼는 건 무엇 때문일까
이럴 때 내게 필요한 건 바로 시를 쓰는 일이다
나를 지탱해 주는 건 바로 시다

꿈길

되돌릴 수 없는 시간 그러나
되돌아볼 수는 있었던 시간

날아오를 수 없는 생각
모두 다 내려놓고 시집 한 권 들고 누웠다

낯익은 익숙한 문장
친근하게 느껴지는 언어들

잠시 한눈 팔고 바람났다
고향집 찾아온 안도감으로

마음 위에 다시
마음 눕히는 밤
시여
오늘 밤은 너와 함께 꿈길인 듯 잠들고 싶다

어떤 날

가을하늘
자유롭게 날아오르던 새처럼

가을들판 쏘다니는 바람에
몸을 맡기던 억새풀처럼

출렁이던 마음 다잡아 놓고

가을편지 쓰듯이
고마웠다며 작별을 고하는

가을과 비올레따의 아리아
―베르디 〈라 트라비아타〉

하루하루가 다르게
깊어가는 가을날

동백꽃을 좋아하던
비올레따 발레리의 인간적인 진심과
따뜻함을 지닌 여인의 삶을 담아낸
라 트라바아타를 가슴으로 안았습니다

서정적인 소프라노 비올레따의 아리아
제르몽의 기품 있는 아라아와
묵직하고 호소력 짙은 따뜻한 첼로 연주의
조화로움이 두 사람의 애틋한 사랑을 노래합니다

죽음 앞에서도 사랑하는 사람에 대한 믿음은
고통 속에서도 위로를 가져다준다며
사랑하는 사람을 배려하던 비올레따

사랑의 기쁨은 빨리 달아난다며
비올레따가 노래하던 가슴시린 사랑의 슬픔을
이제 곧 떠날 채비를 하는 가을과 비극적인 비올레따의

죽음을 연관지어 보았습니다

세월과 더불어 모든 건
자연스럽게 흘러가고 사라지기도 하지만
들꽃 흔들고 가는 바람처럼 깊어가는 가을
비올레따 아라아가 풍경으로 흐르고 있습니다

그랬으면 좋겠다

그것은
뜨거운 여름 날씨처럼 느닷없이 찾아든
감기 같은 몸살을 앓고 있는 중
어떤 것들과 오랜 시간을 함께하며
가랑비에 옷 젖어들 듯 스며들었다
젊은날에 철없던 사랑은 아니더라도
오래 묵혀둔 묵은지 같은
깊은 내면에서 일어나는 애증 같은 친밀함으로

때론
있는 듯 없는 듯
모르는 듯 아는 듯
상대 마음의 행간 사이를 낯설어하며 서러워했다
삶이란 정답이 없는 해답을 찾아가는
긴 여정이라 할지라도
아픈 경험의 상처는 끝내 가슴에 문신처럼 흔적을 남긴다

부디
태풍 지나간 바다의 파도만큼만 출렁이다가
호수 깊은 물속에 그 순수의 마음 눕히기를

먼 훗날 가끔씩 빛바랜 추억 들추어 보듯

그랬으면 좋겠다

생각의 모양

생각도
구름의 모양처럼
떠다니다 흩어지기도 하지만

생각에도 중독성이 있어
모든 건 생각하기에 달렸다고
말들 하지만

생각은 깊으면 깊을수록
얽힌 실타래 같은 것

생각이 화근이 될까
가끔씩은
생각 없이 하루를 보내기도 합니다

그래도 그리운 것들

내 생을 쏟아 부었던
몇 바구니의 사랑은

한 점 얼룩도 남기지 않고
맑게 던져버리고

밤새 훌쩍 커버린 옥수수처럼
평온한 일상으로
다시 돌려놓는 시간들

어느덧
여름은 짙게 내려앉고
밤하늘 별들이 꽃으로 피어 있는 하늘

캄캄한 유리창으로
비춰지는 낯선 모습과
마주 앉은 나

시가 뭐라고

비 오다 개이고
무덥다 못해 소나기 쏟아지고

장마철 날씨처럼 알 수 없는 조바심
시가 뭐라고

생각이 떠나 있으니
마음에서도 멀어졌을까

시를 멀리 시집보내고 보니
잘 쓰여진 시들 널려 있는데

홀로 은밀하게 아무도 읽지 않는
고전으로 가는 시여

나 여기 있다고

나 여기 있다고
떠난 게 아니었다고

잊은 게 아니었다고
다시 이렇게 돌아왔다며

쳐다보는 눈망울마다
눈물 어리듯 들어앉는 꽃송이들

멈추어야 보이는 길 위로
분분한 소문처럼 내 곁에 안기는 봄

어떤 기억 하나

하루종일
머리에서 떠나지 않는 어떤 기억 하나

서로에게 특별한 의미를
부여하지 않아도

서로의 속내를 드러내지 않아도
서로에게 배경이 되어 주며

그렇게 함께 동행했던
마음의 시간들

오늘은 친구의 쓸쓸함이
빈 가지에 매운바람처럼 걸려 있다

함께 살았다고
이 세상 떠날 때 함께 갈 수는 없는 일

그렇듯이 가끔은 서로를 다독이며
소중했던 어떤 것의 이별을 준비해야 한다

열차 안에서

나이를 먹고
이만큼 살고 보니
거역할 수 없는 어떤 부분들

순한 양처럼 받아들이는 지혜가 생겨
욕심도 덜어내고 마음도 비워놓고

분신과도 같았던 아들
손 흔들며 보내고 가슴으로 안으며

지금의 덤덤함이 이내
물빛 같은 그리움으로 다가올지라도

초록들판의 하얀 구절초를 닮은
내 삶의 여백의 미

사람도 마음도 행간이 주는 의미
다시 생각해 보는 시간이 되었기를

가까운 듯 먼 길

콜롬비아 게이샤를 마시며
그 맛을 마음으로 기억하며
창밖에 펼쳐진 작은 동산
가을 이야기에 귀 기울여보는 아침

가을은 저물고 겨울을 건디며
봄이 올 무렵이면 눈꽃으로 피어나는
눈물꽃을 생각하고

인생은 추억 속에 이렇게 지나가며
옛날은 가는 것이 아니라 자꾸 오는 것 같다며
시 한 편 가슴에 넣고
넉넉해진 마음 눕히는 하루

문학의 길도 한 걸음 한 걸음
시인의 길도 가까운 듯 먼 길
세상에서 가장 먼 여행
내게로 돌아오는 길

제2부
남 몰래 흐르는 눈물

무늬만 시

소리 없이 내려 쌓이는
눈처럼

내 삶도 시로 세월을
엮어 왔는데

여전히 시 같지 않은
내 시는 시시하고

무늬만 시가 되는
속절없는 절박함이여

사랑의 묘약

－도니체티 남 몰래 흐르는 눈물

사랑하는 여인의 마음을 얻기 위해
사랑의 묘약을 생각해낸
네모리노의 순수하고 백치 같은 사랑은
아디나와 서로의 마음을 확인하고 기쁨에 벅차
오, 하늘이시여! 나는 죽어도 좋아.
더 이상 아무것도 바라지 않아
사랑을 위해 죽어도 좋아! 하며 부르던 노래
남 몰래 흐르는 눈물
오늘은 네모리노의 그 마음에 온전히 섞이지 못하고
기쁨에 흐르는 눈물이
내게는 설익은 과일의 맛처럼 떫고 씁쓸한 기분은 왜일까

영원한 사랑
변하지 않는 사람의 마음
사람이 하는 사랑에도 그런 게 있을까
잠시 그런 생각을 내게 오래된 질문처럼 던져보았다
아무튼
강사님과 너무도 잘 어울리는 초록 원피스에서
며칠 전 경포호수 언저리에
넉넉한 연잎 위로 오롯이 피어 있는

연꽃의 기억을 떠올리며
나 역시 그래도 그리운 것들이 생각 나
남 몰래 흐르는 눈물을 닦고 있었다

나는 그냥 나이기를

세월은 얼굴에
주름살을 만들고
검은 머리에 하얀 머리카락을
덤으로 주었습니다

파도치듯 출렁이던
욕심의 상실은
비웠을 때 편안함을 마음의
선물로 주었습니다

오늘은
한결같이 떠오르다 지는
노을을 바라보면서
자연처럼 자연스러운 게
아름답다는 것을 알았습니다

가끔은
습관처럼 뒤돌아보며
많은 질문들을 내게 던져 보지만
나는 그냥

내가 되고 싶어 했다는 것을
알았습니다

봄으로 가는 길

기다렸다는 듯

꽃망울 활짝 열렸는데

뜬금없이 봄눈 하얗게 내리고

하얀 산 눈을 감았다

계절도 그러하듯 세상에

가벼운 이별은 없었나 보다

쓸쓸한 그것

늘어진 고무줄 같은 거리
잡아당기는 마음 줄기

세월이 곰삭아
서로에게 스며들 것도 같은데

실제를 보지 못했던
생각의 장애 때문에

풀어내지 못한 마음의 화기를
팔찌처럼 차고 있다

언제나 그랬듯이

아득한 시절
그 어디메쯤 머물러 있던 늪 속에서 늪인 줄도 모른 채
잊으며 기억하며 지냈던 자신을 뒤돌아보며
새롭게 다시 느껴보는 끈끈한
감동과 주체할 수 없었던 음악회의 연주는
기쁨과 슬픔이 서로 등을 맞대고 나를 불러 들였다

지나간 후회의 안타까움, 이루지 못한 것에 대한 허망
늘 꿈꾸어 왔던 자아와 현실의 자아 사이에서
덜어내지 못한 허기진 마음을 놓지 못하며 지나온 세월

가을의 시작과 함께 슈만의 피아노 협주곡 A단조 작품 54번
젊은 피아니스트의 연주는 섬세한 감정표현과
반전되는 매력으로 관객을 압도하며 전 악장 연주동안
숨죽이며 생각따라 변하는 마음 음악처럼 흐르고 있었다

온 몸으로 연주에 몰입하며 뿜어내던
연주자의 열정은 이슬 같은 땀으로
최선이 최고의 연주로 절정을 이루고
모든 관객들을 자리에서 일어나게 했다

브라보! 브라보! 쉼 없이 쏟아지는 박수소리

연주는 그렇게 끝이나고 건물 밖으로 나왔지만
쉽게 발걸음을 집으로 향하지 못했다
언제나 그랬듯이

작은 음악회에서

여름의 끝
넉넉한 고목의 품안에서

쇼팽의 녹턴에 화답하는
매미의 변주곡

불협화음이 이끌어내는
새로운 경험

바쁜 길 재촉하듯
다가드는 가을바람과 함께

어우러진 피아노3중주는
여름을 배웅하는 배려인 듯

작은 뜰 작은 음악회에서
가을을 가득 안고 돌아왔습니다

홀로 고단하다

무엇을 훌훌 떠나보내고
무엇을 끝끝내 간직할 것인지

숨 가쁘게 촘촘히 엮어온 날들 사이로
많은 것을 떠나보낸다

계절의 변화 앞에서도
늘 진통은 따르듯이

매서운 삶의 끝에서
홀로 고단하다

우리가 반복하는
낡은 틀 속에서

죄의식을 갖는다고 해서
과거를 바꿀 수는 없다

진정
용서란 자신에게 주는 선물일까

순천만에서

부서지는 바람 앞에
고개 돌린 새떼들

숨죽여 뒤척이는
갈대들의 속울음

옥양목으로 널린 하얀 강
굽어진 마음 습지에 젖어 들어도

바람 쓸고 간 구름 사이로
청둥오리떼만 숨차게 날아오른다

환타시아

바쁘다는 핑계로
드문드문 봐 주었을 뿐

사랑을 물처럼
주지도 못했는데

저 혼자 오롯이 꽃을
피우고 있었네요

있는 듯 없는 듯

눈물 마를 때까지 가만히
기다려주는 그 사람처럼

울게 하소서

—헨델의 오페라 리날도

나를 울게 하소서
자유를 그리며 한숨짓는
나의 운명이여

잔인한 운명 때문에 눈물짓는 나를
그냥 울게 하소서
나를 울게 하소서
나의 운명을 불쌍히 여기소서

그는 자기 운명 앞에서 이토록 처절했다
고운 음색과 맑은 미성의 목소리의 소유자 파리넬리
중세시대 고운 목소리를 간직하기 위해
비윤리적이고 잔인했던 카스트라토 이야기
잔인한 자기의 운명과 고통에 대항하는 심정을 잘 표현한
음악이 아니었을까
삶이 노래 인기만으로 채워지지 않는 공허함과
그 고통과 아픔의 끈을 끊어 버리고 싶었던 절박함
진작 본인의 절실한 사랑 앞에서
무기력할 수밖에 없었던 현실
그 모든 것에서 자유롭고 싶었을 파리넬리

누군들 감히 짐작이나 할 수 있었을까
자기의 영혼과 고뇌를 담아 불렀을 그의 노래
'울게 하소서'
많은 복잡한 생각으로 그 시간만큼은 온전히
그를 이해하며 함께 눈물짓던 시간
나를 울게 하소서

며느리 생각

너를 생각하면

가슴 끝에 대롱 햇살이 맺힌다

그 햇살로

마음은 꽃잎으로 물들고

신록 같은 초록잎 피우고

우리가 함께 가꾸어 낼

공기 같은 날들을 그리며

갈매빛 숲속

새 한 마리

가슴속에 품어본다

참 다행이다

버릇처럼 같은 시간에 눈을 뜨고
습관처럼 음악을 들으며

마일드한 향기 가득한 커피
철철 넘치도록 담아 책상 앞에 앉는다

창밖으로 보이는 가을이
아직 머뭇거리고 있어

참 다행이다

가을 하늘은 경계와 담을 허물고
날아오르라 하는데

햇살 먹은 낙엽들
다시 꽃으로 피어나는데

차이코프스키 바이올린 협주곡에
내 마음 아득함이여

아름다운 동행
—어느 노부부의 이야기

언제나처럼
앞서거니 뒤서거니

서로를 다독이며
걸어온 시간을 데리고

노부부는 오늘도
아침 운동을 나섭니다

커플 운동복 가지런히 입고
하얀 길 정답게 손잡고 걸어갑니다

망초꽃 따라 오며 잊지 말라고
길동무 되어 함께 갑니다

세상의 어떤 풍경보다
아름다운 모습

아파트 마당 가득히
겨울햇살 말갛게 반짝이는 아침입니다

세상이 환해졌다

세월의 더께만큼 집안 유리창에
눌러 붙어 있던 흙먼지들
늘 미세먼지 속에 갇혀 있는 듯

때론 우울했던 창밖 풍경
아파트 대청소 덕분에 세상이 환해졌다

유난히 맑은 가을하늘의 구름
싱그러운 초록이 짙게 물들어가는 작은 숲

맑은 새소리 유리창에 부딪치는 아침
오늘은
새들의 울음소리에 마음 쓰지 않아도 될 것 같다

낯선 마음을 들여다보며

남편의 늦은
귀가를 기다리며

잠은 마음을 따라
창문 밖을 넘나들고

새로 구입한 시집 한 권
밤참으로 허기진 속을 채우며

낯선 시인의 속내를
은밀하게 들여다보는

가슴 시린 별빛에
풀꽃 같은 사연들

어둠 밀어내는 신새벽
어느새 하얗게 눈을 뜨네

마음의 빛

어떤 예기치 못했던 상황에서
생각과 마음이 하나가 되지 못했을 때

자신의 의지와는 상관없이
어떤 한계에 부딪히고 혼란스러울 때

겉의 현상보다 속의 본질을
생각하려고 노력했습니다

때론 자기와의 거리를 두고
자신의 내면을 들여다보아야 했습니다

긍정적인 생각이 결국엔
마음의 빛이라는 걸 알았습니다

삶은 시린 두 손 위에 햇빛 담아
맑은 하늘빛 마음에 담는 일

첫눈

첫눈이 왔습니다

추억을 데리고

하얗게 왔습니다

숫눈 위에

그려진 세상

도화지 한 장

펼쳐 놓았습니다

쓰고 싶은 말

하고 싶은 말

꼭꼭 눌러 새겨

그리운 이들 가슴에

전하고 싶습니다

제3부
어머니 가신 곳

내년에도 이 옷을

세월의 무게만큼 내려앉은
어머니의 눈꺼풀
세상과 마주보기 두려워
물 한 모금 넘기기 버거워하며
힘겹게 몰아쉬는 어머니의 숨소리
여름 폭염을 소나기처럼 맞으며
하루가 겨울밤보다 길었다
서둘렀던 이런저런 치료들이
내게는 최선이었는데
어머니에게는 부담이었을까
알록달록 어머니 옷들을 정리하며
다음 해도 이 옷들을
어머니는 다시 입을 수 있을까
불안한 마음을 서랍 속으로 밀어넣는다

어머니의 먼 길

묽은 미음 그것조차
목으로 넘기기 힘겨워 합니다

머릿속부터 흘러내리는
땀방울 얼굴에 맺힙니다

초점 잃은 눈동자
바라만 볼 뿐

하고픈 많은 얘기들
입안에서 머뭇거리고

이따금 어머니 눈에
고여 있는 눈물이 말을 대신합니다

차마 마주 바라볼 수 없어
돌아서서 흘리는 눈물

다른 마음 같은 눈물
잡히지 않는 안타까운 시간

생과 사의 먼 길

빠른 걸음으로 다가오고 있습니다

길 떠나는 어머니

모두 보고 싶다며 힘들게 견디며
늘 감고 계시던 눈에서 흘러내리던
얼음꽃 같은 어머니 눈물

멀리서 출발했을 어쩜 끝까지 놓지 않았던 마지막 끈
큰아들 힘겹게 기다리는 동안
따뜻한 봄이 오면
어머니 집 마당에 꽃구경 가자고 달래며

거칠게 몰아쉬던 숨소리에 가슴 내려앉던 순간
큰아들 목소리 듣고서야 이내 고른 숨소리를 내며
깊은 잠 속으로 빠져 들었다

이제 이승에서 모든 인연 가볍고 내려놓고
먼 길 떠날 채비를 하는 어머니
우린 아직 아무런 준비도 없는데
이렇게 얼굴만 어루만지고 있는데

죽음의 그림자 깊게 드리워지고
다시는 볼 수 없다는 두렵고 애통함

세상에서 제일 무서운 시간

어머니
어머니는 제게 가장 큰 선물이었습니다

지는 해처럼

조금의 온기는 있지만
점점 굳어져가는 손가락
기억을 잃어가고 있는 눈동자

자식들 오기만을 기다리며 다독이던 시간도
깊은 잠속으로 빠져들었다
누구도 들이고 싶지 않은 마음의 문에 빗장을 걸었다
어머니는 말없이 맥 빠진 겨울 햇살을 보고 있다

저 세상으로 데려가려는 시간
완전한 이별을 준비하는 시간
언제 어느 곳에서 어떤 의미로 머물러 있을지
나는 알지 못한다

어머니 곁에
미소 번지듯 길게 누워있는 빛바랜 그림자
훗날 어머니 떠나가셔도 지금의
시간들이 오랫동안 기억 속에 머물러 있을 것이다

법왕사 가는 길

울창한 숲 길
한줄기 바람에 가을이 묻어옵니다
나뭇가지 위로 나그네새 날아오고
개울 물소리 절뚝거리며 내려옵니다

어머니 49재
가족들 저마다의 슬픔 가슴에 눕히고
마음은 습지에 놓인 것처럼 푹 젖어 있습니다
대웅전에 쏟아내는 그리움이
우물보다 더 깊을까

당신의 남겨진 자식들
서로의 민낯에서 어머니 모습 더듬으며
같은 하늘 아래 살아있어 얼마나 다행인가
어머니 만나러 가는 길
비탈진 산행입니다

어머니 마음

어머니 영혼은

하늘로 올라가고

어머니의 육신은 간당간당

눅눅한 땅으로 내려간다

차마 자식들 눈에 맺혀

떠나지 못하는

파리한 어머니의 혼

어머니 그리워 잠 못 이루고

둥근 보름달
가을 하늘에 걸렸습니다

달처럼 하늘에 계신 어머니
내 가슴에 걸렸습니다

하늘에서 맑은
눈물방울 떨어집니다

잠들지 못한 바람만이
무리지어 떠다니는 밤

어머니도
자식 그리워 홀로 잠 못 이루고 계시나요

.

그리움 익어가다

가고 오지 못합니다 어머니 가신 곳
지금도 선연히 보이는 어머니 모습

나날이 익어가는 가을 같은 그리움
먼 산 구름처럼 피어나는 지난 사연

연줄 같은 인연으로
맺어진 어머니의 못난 자식

날이 갈수록 그물처럼 안개처럼
내 마음 촘촘히 싸고돕니다

낙엽이 고향 찾아 가는 저문 계절
계곡물이 단풍잎 데리고 어디로 가나

어머니 가신 빈 자리
식어가는 가을볕으로 남았습니다

어머니와 함께하는 봄

어느새 떨어져 내린 벚꽃
비단이불 덮고
길게 누워 잠든 길

흐르지 못하고
고여 있는 강물 속 봄날은
또 다른 풍경을 만들고

시간을 거슬리지 않고
순응하는 고요 속에
가던 길 멈춰지는 발길

하늘에 펼쳐진 구름 위로
떠다니는 그리운 얼굴
멀리 계시는 어머니 불러들인다

어머니 생각

무르익어 가는 봄
울창하게 뻗은 숲속으로

굵은 빗방울 후드득 쏟아지는 새벽
물먹은 세상이 맑게 드러난다

까만 밤
홀로 외로웠을 대지는

빗소리에 빗물 고이듯
흘러가고 흘려보내지만

누군가에게는 닫혀 있는 밤

멀리 계시는
어머니를 닮은 흙냄새가 곱다

나, 이제 어떡하나

어머니 내 곁을 떠나고 보니
난 외톨이가 되었네
아무도 날 궁금해하지 않네

누워만 계셨어도
어머니 살아계셔서
내 일상에 큰 힘이 되었는데

늘 너 없었으면 어쩔 뻔 했을까
하시던 어머니 말씀
나 역시 그런 줄 알았는데

어머니 이 세상
홀연히 떠나고 보니
덜컹거리는 이 마음
나, 이제 어떡하나

오늘은

어머니가 참 많이도
생각나는 날

어머니가 참 많이도
보고 싶은 날

어머니가 참 많이도
그리운 날

사진 속 어머니 얼굴
너무도 낯설게 느껴지는 날

오늘은
누군가에게 위로 받고 싶은 날

꿈속에서 스치듯

꿈결인 듯
잠결인 듯

스치듯 놓쳐버린 어머니 모습
조금만 더 머물러 계셨더라면

잠에서 깨어
잠시 우두커니가 된다

꾹꾹 눌러 채워둔 그리움
그래도 여전히 보고 싶은 어머니

눈에서 멀어진 어머니

지금은 어둑어둑 저녁때
어머니 생각에
저녁 노을빛 따라 하루해를 보내고

밤이면 별빛으로 내려와
내 창을 밝히며 서성이다
힘께 잠들고 싶어나 하지 않을까

물기 없고 척박한 겨울들판에서
눈에서 멀어진 어머니
마음으로 붙잡고 있습니다

제4부
내게로 돌아오는 길

여름의 끝

아침 저녁으로 느껴지는
바람이 소화제 같으다

마당에 널브러진 빨간 고추
여름에 흠뻑 취해 쓰러지고

파도타기 하듯 울어대는
매미의 호흡은 가빠지고

차갑게 끓는 아침햇살의 세력은
점점 쇠퇴해지고 있다

아들과 함께했던 시절
곱씹어 보는 엄마처럼

길 떠나는 가족

―이중섭의 그림

한쪽 팔 번쩍 들고
해맑은 농부의 욕심 없는 얼굴

오래 그리워했을 아내와 두 아들
새와 꽃, 구름 같은 희망 데리고

소달구지 타고 피안의 세계로
길 떠나는 가족

암울하고 혼란스런 시대의 고통 속에서
가족의 사랑을 끝끝내 놓지 않았던

마지막인 듯 서로의 그리움을
꿈과 기쁨 환희로 화폭 위에 옮겨 놓고

또 다른 세계를 꿈꾸며
맑은 하늘의 품에 안기는 길 떠나는 가족

시

시인들은 시 같은
시를 쓰고 싶어 하는 게
인지상정일 텐데

어떤 시인은 너무 시 같아서
남세스럽다 한다

어떤 마음 때문일까
잠시 생각해 본다

가장 낮은 자리에서

어쩌면 나는 치유가 불가능한 상실을 앓고 있는지도 모른다
어느 시인의 애기처럼 산산조각이 나면 산산조각을 얻을
수 있고
그것으로 살아갈 수 있다는 말이 희망처럼 들리기도 하고
절망처럼 느껴지기도 한다

다치지 않으려고 조각나지 않으려고
안간힘으로 몸부림쳤던 시간들
그러나 우리는 그만큼의 거리에서 홀로 외로웠다
온전한 내 것은 실상 아무것도 없다는 깨달음 속에서
이제는 한결 자유로워지고 가벼워지기를 간절히 바라며

나를 비우는 것이 상실이 아니기를 다독이며
그 산산조각의 힘으로 궁핍했던 길 위에
시간들 손 흔들며 보내주고 싶다
헤어지기 위해 만나는 것처럼
떨어진 나뭇잎이 나무의 것이 아닌 것처럼

벌레 먹은 자두

부모님 계시는 곳
울타리 되어 주고 있는 자두나무
빨갛게 익어가는 탐스러운 몸짓
달달한 향기

한 입 베어 먹는 순간
화들짝 놀란 가슴
언제 몸속에 들어왔는지
무심으로 살아가고 있는 동거하는 손님

슬픈 기생일까
우연한 길동무일까
자두 떨어지는 소리
한여름 낮 꿈처럼 하얗다

나무들의 생각은

먼 하늘에 걸쳐 있는 산
그곳을 한결같이 지켜내는 나무들
무슨 생각으로 살아갈까

긴 겨울 한풍을 견디며
조금씩 봄 햇살 양지로
몸 스트레칭하고 있을까

가로수 빈 나뭇가지들
통통하게 물들어 오르는데
눈길 손길 닿지 않아도
알아서들 살아가는
참 경이로운 모습들

늘 생각이 많아 속 시끄러운
내 마음 자연과 상생을 꿈꾸어본다

친구는 부재중

−영숙 친구

밤마다 나누었던
수많은 이야기들

가슴속 깊은 곳
서리서리 넣었는데

너 없는 며칠은
얇은 이불속 같은 온기 없는 마음

호롱불 같은 잠
밤하늘에 걸려 있네

바람의 노래 소리

가을햇살 집안 깊숙이
들어와 머물고

넓은 하늘에 구름들
바람타고 변장하는 모습

때때로 무심의 마음처럼
흔적 없이 사라지기도 하지만

푸르름 짙게 색칠하던 들판도
잠시 졸고 있는 듯

누렇게 고개 숙인 들녘 거닐던
바람의 노래 소리 요란합니다

사라진 놀이터

한결같이 내가 있던 그곳

누군가가 때때로 날 기다려주며
내가 누군가를 때때로 기다리던

시간의 넝쿨이 세월의 담장을 넘고
서로의 속내를 어루만지던 곳

느닷없이 문은 닫히고
어쩔 수 없이 떠나온 그곳

홀로 처음인 듯 보낸 하루
온종일 다문 입처럼 생각도 닫혔다

가끔은 안부처럼 그립고
보고 싶은 얼굴들

저녁처럼 저물어가는 마음
어디로 가야 할까

새 가족을 맞이하며

새로운 사람을
새롭게 가족으로
받아들이는 마음이
서로에게 가벼운 일은
아니었으리라

마음으로 조금씩
준비했던 시간들이
있었기에
아들이 사랑하는 사람
봄볕처럼 따뜻하게
맞이하며

비워야 비로소 다시
채울 수 있는 것처럼
하젤장미 같은
예쁜 딸 하나
덤으로 받았습니다

꽃잎 내리는 정원에서

때로는 바람 앞에서
때로는 태양 아래서
때로는 빗물 안고서

봄햇살 잠시 빌려 왔다가
놓칠세라
활짝 피어서는

며칠을 살다가
비처럼 내리는 꽃잎
마른 바람에 흔들리는데

내 마음속
꽃 진 자리에
머뭇거리며 흔들리는 그것은

물 속의 조약돌

물 속이 환하다
대낮 같다

서로 다른 마음들이
어우러져 살고 있다

물에도 정이 있어
마음들이 닳아지고

뒤돌아 흐르지 않고
낮게 흐르는 물에서

얼마나 물결에 씻겨야
몽돌로 살아질까

동행

"친구야 학교 가자"

옛날 아주 먼 나라에
있었던 아득한 이야기처럼

마치 복습하듯
과거를 다시 살아가는 것처럼

휑하니 비어 있던 세월에
떨어졌다 튀어 오르는 공처럼

먼 길 돌아와
새롭게 펼쳐지는 신세계

내게는 선물 같은 말
"친구야 학교 가자"

저녁 식탁

오롯이 마음만
마주 앉은 저녁 식탁

침묵이 반찬인 듯
헛헛한 속만 채운다

이따금 접시에
수저 부딪히는 소리

공처럼 튀어 오른다
대화 없는 공기 속에서

7월의 들판

소나기 달려간 뒤
풀빛 짙어진 들판

일어선 풀잎들
소리치는 푸른 바람

촘촘한 나무들
하늘의 길을 냅니다

화려한 여름 들녘
숲속으로 걸어 들어갑니다

하늘에 누워 있는 구름
누군가의 그늘이 되어 줍니다

시루봉 가는 길

늦은 가을날
햇살 먹은 단풍과

낙엽되어 내려앉은
가을소리 들으며

헛헛한 마음 데리고
나들이 나온 발걸음

가을을 닮은 친구와 함께
시의 행간을 찾으러 가는 길

봄이 오는 길목에서

잿빛 하늘이다
며칠 전 눈치 없는 봄눈으로

버려진 헌 옷들처럼 잔설들
여기저기 눌러 붙어 있는데

다시 또 내리려나
먹구름 낮게 드리우며
이리저리 몰려다닌다

이제 막 꽃망울 대롱대롱
봄을 재촉하는 소리 찰랑이는데

삶이란 이렇게 기막힌 것이라고
깊어지는 시름들
잔설 위로 떨어져 내린다

연꽃 사랑

싱그러운 연잎
그 넉넉함에 안겨
눈 뜨는 아침이슬

맑은 햇살 내리기 전
연잎으로 몸을 숨겨야 할 텐데

촛대처럼 오롯이
피어오른 연꽃의 수줍음

아침햇살 가득 머금고
해맑은 미소로 누굴 기다리나

아무에게도 배웅 받지 못한 6월은
이렇게 떠나가고

누구도 마중 나가지 않은 7월을
화들짝 반기는 연꽃 사랑

강물처럼 바람처럼

어떤 세월은 한순간의
기적처럼 살아냈다

마치 지하 땅굴을 고속으로
달리는 기차처럼

떠올리고 싶지 않은 기억들은
적당한 거릴 두고

이따금
나를 시험에 들게 하지만

부디 강물처럼 바람처럼
흘러갔었기를

후회 뒤에 따라오는 상실감이
남은 삶을 밀어낼지라도

길을 가다가

나는 몸을 추스르고
그는 밥을 먹었다

나는 벼랑 끝에 서 있었고
그는 길 한가운데 앉아 있었다

나는 내 인생에 조연을 맡았고
그는 그의 삶에 주인공이 되었다

나는 시를 삼켰고
그는 시를 얘기했다

해설

가까운 듯 먼 길

박세현(빗소리듣기모임 준회원)

마음 위에 다시
마음 눕히는 밤

∀

중공발 우한 폐렴 마스크를 쓰고 나는 강릉 모루도서관
에 들어섰다. 거기서 인문학 프로그램 공연이 기획되었기
때문이다. 2층이었던가. 시를 빙자하여 시민들에게 이것저
것 나도 잘 모르는 얘기를 하려고 했다. 시간이 되어 가는
데 수강자는 한 명도 공연장에 등장하지 않았다. 그때 한
분이 역시 입마개를 하고 교실로 들어섰다. 그분은 교실 뒤
에 조용히 앉았고 나도 조용히 그에게 다가가 수업 들으러
오셨냐고 정중하고 약간 촌스러운 톤으로 물었다. 둘이서
무슨 수업을 하겠는가. 이거 수업을 해 말어 우물쭈물 그
러면서 시간을 때웠던 기억. 난감하게 우물쭈물하던 그날

의 언어적 몸짓이 시가 아니었을까. 그때 그 시절에 만난 분이 최경숙 시인이다. 훗날 그분이 내게 시집 원고를 내밀었다. 사연이 이렇다는 뜻이다. 더 첨언하자면, 몇 해 전 나는 강릉시가 벌인 인문도시 축제프로그램의 하나로 작은도서관 명예관장에 위임되었고 작은도서관에서 월 1회 강의 비슷한 것을 한 적이 있다. 나로서는 모처럼의 인연을 핑계로 시민들의 문학적 관념을 좀 흔들어놓고 싶었을 것이다. 그것이 내가 고향과 마주하는 문학적 의례라고 생각했기 때문이기도 하다. 결론적으로 말하자면 나는 누구도 흔들지 못했으며 헛꿈에 시달린 나 1인만 흔들리고 말았다. 정색한 얼굴이 연극적이듯이 나는 내가 연출한 엉성한 연극을 닮은 몇 주간의 수업을 끝냈다. 이도저도 아니면서 그 무엇이었던 시간들은 그렇게 지나갔다. 싱겁게 끝난 연애 같은 기억이군. 나는 이 대목을 지금도 그리고 오랫동안 한 위대한 실패의 장면으로 기억할 것이다. 기대와 현실의 그 쓸쓸한 불일치를 말이다. 그러구러 그 시절의 인연으로 나는 지금 키보드를 두드리면서 최경숙 시인의 두 번째 시집 해설을 작성하고 있다. 잘 되어야 할 텐데.

▽

최경숙 시인의 시집에는 70여 편의 시가 수록되었다. 시집의 구성은 4부로 분절되어 있고, 각 부에는 작은 제목이 붙어 있다. 다른 시집들과 유사한 체제를 보여준다. 대개의 시집에 시인의 말이 있듯이 이 시집에도 곁(겉)다리 텍스트인 시인의 말이 들어 있다. (굳이 하지 않아도 될 말이지만 굳이 시인의 말이 왜 필요한지 굳이 잘 모르겠다. 전국노래자랑, 가요무대, 열린음악회 같은 공중파 tv프로그램도 그렇다. 여기에 신춘문예도 달아놓는다. 이런 것들이 남한사회에서 서행하는 민주주의의 속도를 실감하게 하는 장면들이 아닐까. 언필칭 21세기에 말이다. 시인이 말이 그렇다는 생각. 이렇게 떠들면서 나도 남의 시집에 적힌 시인의 말을 흘끔거리겠지. 별것 없군, 그러면서.) 시인의 말은 흔히 시집만의 어떤 기미를 발설한다. 이 시집에 붙은 시인의 말을 먼저 읽어보자.

가을볕에 곱게 말린
꽃 차 향기처럼
친절을 몸에 익히며
아름답게 나이들 거야

오래된 고목을

마주하는 거와 같이

채근하지 않고

먹먹하게 기다리는

시와 함께하는 세월이

행복이었다고 말할 거야

시인의 말은 담담하고 조용하고 긍정적이다. 차분한 목소리의 결이 다가온다. 문학적인 포즈가 거세된 단순성이 표백되어 있다. 시를 대하는 시인의 문학적 태도를 엿보게 하는 문장들이다. 최시인의 시가 맑고 담백한 분위기 속에서 전개되리라는 기대와 예측. 시인의 말은 짤막한 티저와 같은 예감을 던져준다.

대개의 시들이 기존의 시를 흉내낸다. 그것을 시라고 생각하고 그렇게 시늉하며 시를 쓴다. 그러면서 시인들은 서로의 시를 닮아간다. 그것이 업계의 중력이다. 그런데 최시인의 시들은 지금 열심히 전개되고 있는 문단문학의 현실과는 일정한 거리가 있어 보인다. 주류문학과 그 변방문학을 흉내내고 있지 않고 있음이다. 덕분에 그의 시는 문단문학의 요란성과는 무관한 자리에 놓인다. 시가 오염이 덜되었다는 뜻이다. 최경숙 시인의 시는 저만치 혼자 피어 있는 꽃 같다는 문장을 시로 체화한 하나의 범례처럼 읽혀오지 않을까.

3

이 시집을 통독하면서 간추린 시적 키워드는 자기 성찰과 일상, 어머니로 간추려진다. 이것은 대개의 시인들이 마주하고 있는 보편적 문제와도 공유점을 가진다. 나는 이 점을 존중한다. 살아있다는 것은 그런 것이 아닐까. 매일같이 잠자리에서 눈뜨고 다시 잠들 때까지 만나게 되는 생활의 총체를 삶이라고 정의한다면 시를 쓰는 존재나 그렇지 않은 존재나 피해갈 수 없는 것이 일상과 그것을 보듬는 매일매일의 자기 성찰이다. 최시인의 시는 이와 같은 일상 속에 자신을 위치시킨다. 대개의 사람들이 출발하는 자리에서 그도 출발하고 있다. 그 역시 대수로울 것 없는 일상을 살고 있다는 뜻이다. "나이를 먹고/ 이만큼 살고 보니/ 거역할 수 없는 어떤 부분들"(「열차 안에서」)에 대한 자기 살핌은 나이 먹어 가는 존재들이 불가피하게 당면하는 자기 성찰성이다. 그것은 일정 부분 회한이고 일정 부분은 지나간 것에 대한 되돌릴 수 없는 기억으로 돌아온다. 당연스럽지 않은가. 그런 당연함은 언어에 얹히면서 늘어나기도 하고 줄어들기도 한다. "캄캄한 유리창으로/ 비춰지는 낯선 모습과/ 마주 앉은 나"(「그래도 그리운 것들」)는 생의 출렁거림을 응시하고 있다. 거기에는 나이 들어가는 자신의 모습도 있고 누군가와의 아픈 작별의 풍경도 비춰진다. 추억이라 해야 하나 상흔이라고 해야 하나. 그의 시에는 어떤 언어로 표현해도 크게 달라질 것이 없는 삶의 흔적들이 새겨져 있다. 시인은 그런 장면을 과장이나 엄살 없이 담담하게 쓰고 있다. 표나게 징징거리지 않는다. 징징거림은 자기 증상을 드러내는 존재의 소음이다. 징징거린다는 말이 다소는 격이 없지만 그러나 한국시는 대개 징징거림의 확산과 지속 위에 있다는 나의 지론을 전제한다면 과히 이상할 것도 없다. 서정시는 물론 징징거림의 원천일 것이지만 실험인 척 하는 시는 실험적으로 징징거린다. 화가 난 시는 화를 내면서 징징거린다. 시는 사실 이런 욕망의 징징거림에 다름 아닐 것이다. 인간은 욕망하면서 살고 욕망의 실현을 위해 환상에 기대면서 살아간다. 욕망과 환상 없이는 한순간도 살 수 없게 조립된 것이 인간이라는 기계다. 욕망은 충족되지 않을 것이며 환상은 늘 깨어지게 된다. 그러나 그것은 동시상영관처럼 그리고 일일연속극처럼 또다시 밑도 끝도 없이 재생된다. 이런 멋진 생각이 내 것일 리는 없지만 내 생각인 듯이 격하게 동의하면서 써먹는다. 시도 그렇고 나도 그렇다. 욕망의 좌절 앞에 징징거리지 않을 수 있겠는가. 아무렇지 않은 척 하는 인간은 아무렇지 않은 척 하는 것이 바로 그의 징징거림이다. 그런데 최시인의 시는 일정부분 징징거리는 시와는 거리를 두고 있다. 자신을 흔드는 증상을 억압하거나 은폐하려는 안간힘이 그의 시를 내밀하게 버텨주기 때문이다. 그리하여 그가 도착한 시

의 지점은 다음에 인용하는 시행과 같은 선연한 표현을 얻
게 된다.

가끔은

습관처럼 뒤돌아보며

많은 질문들을 내게 던져보지만

나는 그냥

내가 되고 싶어했다는 것을

알았습니다

―「나는 그냥 나이기를」 중에서

'내가 되고 싶어'하는 그것은 철학과 종교의 테마다. 장
삼이사들의 소망이기도 하다. 보편적이지만 지난한 과제이
다. 여기에 대해 많은 말을 하고 싶기는 하나 나 역시 잘 모
르는 대목이라 말을 줄여야겠다. 다만 한 가지 혼자 중얼
거릴 수밖에 없는 것은 인간은 원천적으로 온전한 나로 살
기가 거의 가능하지 못하다는 사실이다. 오래 전 '내 인생
은 나의 것'이라는 노래가 있었는데 그때는 그게 앞서가는
선언처럼 들렸지만 이제 돌아보자면 자기 인생이 자기 인
생대로 되지 않음을 고백한 노래였을 뿐이다. 소망과 현실
은 같지 않다. 그 사이에 끼겨서 오락가락하는 것이 인간
이고 그것을 특히 문자에 담아낸 것을 시라고 부른다. 우

리는 그저 배워진 대로 산다. 새롭다는 착각 속에, 내 생각이라는 혼란 속에서 남의 흉내를 내면서 살아간다. 인용한 시에서 나는 그런 버팀을 떠올리게 된다. 내가 나라고 말할 때마다 나는 어디론가 사라진다. 그게 내가 아니던가. 나라는 존재는 이름과 외모와 학력과 경험과 지위를 합친 총계이지만 그 어느 것일 수도 없다. 내가 나를 모르니 내가 남인가 하노라. 철학자의 말이 아니라 우리네 고시조의 한 구절이다. 셰익스피어도 거들었다. 내가 누구인지 말할 수 있는 자는 누구인가. 소박하지만 그러나 지속적으로 최 시인은 시집을 통해 그것을 묻고 있다. 질문하는 동안 그는 실존적인 시인이 된다.

∂

　시집의 여러 곳에서 시인은 자신을 달래는 일을 도모한다. 음악, 커피, 여행과 같은 것들이 시인이 처한 일상의 잔파도를 달래는 대용품들이다. 실제로 그의 시에는 음악을 듣거나 음악회에 참석하는 내용들이 자주 나온다. 커피를 즐겨 음용하는 시도 눈에 띈다. 이런 일련의 행위들을 시인 나름의 취향이나 습관으로 돌릴 수도 있지만 알게 모르게 일어나는 자기의 증상을 누르거나 달래는 진정제의 하나로 보는 게 더 적실하겠다. 베르디의 라트라비아타, 도니체티의 남몰래 흐르는 눈물, 쇼팽의 녹턴, 슈만의 피아노 협주곡, 차이코프스키 바이올린 협주곡 등이 시에 등장한다. 그것들이 시를 수식하는 기능을 하는 것이 아니라 음악에 깊이 몰입하는 정서적 상태를 드러낸다. 음악은 자기 안에 있는 자기도 잘 모르는 어떤 감정들을 조율해 주는 힘이 있다. 시인이 음악과 카피에 열중하는 것은 아마도 자기를 흔들어놓는 모종의 증상을 정리하는 차원이다. 증상은 우리의 정신이 헛발을 짚는 순간마다 정확하게 우리를 찾아온다. 어김없이 찾아와서 우리를 뒤흔들어놓는다. 그럴 때 자기가 믿었던 삶의 질서들은 흔들리고 금이 간다. 이 순간에 우리는 '이게 아닌가 봐'와 같은 반응에 접한다. 모든 것이 흔들거리지만 그렇지 않은 척 하면서 반듯하게 살 수밖에 없는 순간은 누구에게나 있기 마련이다. 시는 그런 순간의 언어적 포착이다. 최시인의 시도 그런 순간을 다만 평온한 언어로 담아내고 있을 뿐이다. 일상에서 만나는 균열의 지점은 언어로는 잴 수 없다. 역설적이게도 그리고 운명적으로 그것을 잴 수 있는 자도 언어밖에 없다. 겉멋을 부리자고 하는 말인데 언어는 비유하자면 말을 잘 듣지 않는 애인과 비슷하다. 비유가 그렇듯이 비슷할 뿐이다. 원하는 것을 주지만 조금밖에 주지 않는. 결코 다 주지 않는 애인과 같은 게 언어의 본능일 것이다. 애인도 자신이 더 가진 것이 없다는 사실을 모르는 존재다.

영원한 사랑

변하지 않는 사람의 마음

사람이 하는 사랑에도 그런 게 있을까

　　　　　　　　　　　　－「사랑의 묘약」 중에서

　인용한 시는 도니체티의 오페라 남몰래 흐르는 눈물을 보고 쓴 시다. 영원한 게 있을까. 변하지 않는 사랑이 있을까. 이런 의구심이 시에 짙게 배어난다. 이 또한 인간의 변하는 마음에 대한 속절없음을 접하게 되는 시인의 반응이다. 이런 반응은 매우 일반적이면서도 시인의 어떤 심중을 건드리는 정서다. 그것이 오페라를 통해 건드려졌고 시인은 '그리운 것들'을 추억하며 '남몰래 흐르는 눈물을 닦'는다. 음악을 통해 시인은 자기와 상면한다. 음악과 커피는 시인에게 향유이자 치유의 대상이 된다. 커피 역시 술과 마찬가지의 기능을 가지고 있지 않던가. 나와 내가 어긋날 때마다 그 틈을 음악으로, 커피로 메워보려는 행위는 최시인만의 것은 물론 아니다. 그러나 이와 같은 자기 조율의 풍경은 독자에게도 그럴듯한 공감력을 확보할 여지를 준다. "콜롬비아 게이샤를 마시며/ 그 맛을 마음으로 기억하며/ 창밖에 펼쳐진 작은 동산/ 가을 이야기에 귀 기울여보는 아침"(「가까운 듯 먼 길」)은 시인의 기본적인 일상의 풍경으로 보인다. 이 자리에서 시인은 하루를 맞고 하루를 보내는 것 같다. 시인의 사유가 출발하는 시간과 공간이라고 봐도 무리는 아닐 듯 하다. 창밖으로 펼쳐지는 사계절을 통해 시인은 자신을 곰곰 돌아보면서 시보다 더 극적인 시적 허기를 체험했을 것이다.

> 인생은 추억 속에 이렇게 지나가며
> 옛날은 가는 것이 아니라 자꾸 오는 것 같다며
> 시 한 편 가슴에 넣고
> 넉넉해진 마음 눕히는 하루
>
> 문학의 길도 한 걸음 한 걸음
> 시인의 길도 가까운 듯 먼 길
> 세상에서 가장 먼 여행
> 내게로 돌아오는 길
>
> —「가까운 듯 먼 길」 중에서

'가까운 듯 먼 길'은 삶의 길이자 문학의 길로 비유되는 행로다. 반복되는 일상 속에서 자기를 돌아보는 여유가 나름 치열한 자세로 드러나는 순간이다. 시인이 작성하고 있는 문학, 즉 시쓰기도 이런 것이라고 본다. 가까운 곳에 시가 있고 그 시를 문장으로 옮겨놓으면 본디 주목했던 시는 반 이상 사라져버린다. 그것이 언어의 운명이자 언어를

사용하는 인간의 운명이다. 그래서 쓰고 또 쓰게 되는 시 쓰기의 욕망이 만들어진다. 시 백 편을 써도 쓰여지지 않은 단 한 편을 위해 시인은 책상 앞에서 근무한다. 그가 당면한 결핍의 구멍은 무엇으로도 메워지지 않는다. 좀 그럴 듯하게 말하자면 인간은 결핍을 먹고 사는 존재다. 써도 써도 만족감에 이르지 못한다. 그래서 먼 길이고 도착할 수 없는 피안이 된다. 진정한 시는 없는지도 모른다. 없다는 부정성을 통해 우리 앞에 다시 현현하는 시. 없는 시를 언어로 포착하면서 시인은 '내게로 돌아오는 길'을 발견하거나 발명해낸다. 이것은 시적 부산물이다. 시쓰기가 인문학의 첨단에 설 수 있는 것도 이러한 까닭이다. 최경숙 시인은 위에 꺼내놓은 시를 통해 인문학적인 자기 존재를 성찰한다. 내게로 돌아와 자기를 만나는 가깝고도 먼 길이 시인이 만난 길이다. 이런 시를 두고 잘 썼느니 못 썼느니 하는 것은 마치 어떤 삶은 성공적이고 어떤 삶은 실패했다고 떠들어대는 것과 다름이 없다. 모든 삶은 성공적인 동시에 실패하는 것이라고 나는 생각한다. 돈이나 명예와 같은 쾌락적인 요소가 인생을 성공적으로 규정하는 요소는 아니다. 우리는 매일매일을 단지 살아낼 뿐이다. 잃어버린 낙원 말고 다른 낙원은 없다고 썼던 호르헤 루이스 보르헤스의 시가 떠오르는 대목이다.

Å

시집 원고를 건네받던 날 시인이 했던 말이 떠오른다.

시인이 너무 많아요. 친구들도 시인이 너무 많다고 그래요. 어디 가서 시 쓴다고 말을 할 수 없다니까요. 그 말을 들으면서 빙그레 나는 웃었다. 그것밖에 내가 할 수 있는 게 없었다. 시인이 많다는 말은 물론 최시인한테서 처음 듣는 게 아니다. 지 알고 내 알고 하늘도 알고 있는 문제다. 청와대 게시판에 시인의 인구를 줄여달라고 청원을 할 수 있는 문제도 아니다. 그때 그 자리에서는 웃고 넘어갔지만 이 지면을 통해 조용하게 대답한다. 우선 남한사회에 시인이 결코 많지 않다는 점을 강조한다. 매일 통계로 발표되는 코로나19 확진자 수보다는 시인의 수가 압도적으로 적다는 것도 강조하겠다. 시인은 더 늘어나야 하고 더 더 늘어나야 한다는 게 내 생각이다. 시는 특수한 재능이 써야 한다는 편견은 깨어져야 한다. 시는 자기를 확인하는 증상의 산물일 수밖에 없다. 살아있는 존재는 누구나 그것을 피할 길이 없다. 죽어야만 해결되는 문제다. 신체와 정신에서 혹은 그 틈에서 발생하는 오작동이 증상이다. 학자에게는 학자의 증상이 있고, 취준생에게는 취준생의 증상이 있고, 퇴직자에게는 퇴직자의 증상이 있다. 강릉 교보생명 앞 정류장에서 버스에 올랐다가 마스크를 쓰지 않았다고 승차를 거부당하는 노인에게는 일생의 한순간이 쪽팔리는 노인만의 시가 있는 것이 당연하다. 노숙인에게는 노숙인의 증상이 있고 같은 이치로 보이스피싱으로 생을 영위하는 자에게는 그만의 고유한 존재론적 증상이 있다. 각자의 증상은 각자의 시다. 그것을 언어로 조립하느냐 그렇지 않은가의 차이는 사소한 문제다. 시인 하면 서정주나 김춘수를 떠올리는 건 지나간 시대의 편견이자 시에 대한 편식이다. 과거에는 문학의 역사에 한 줄 자기 이름을 올리려 문학에 매달린 사람도 있었지만 지금은 문학사가 아니라 인터넷에 올리려고 시를 쓴다고 말해야 문학사회학적으로도 옳다. 인터넷은 공평하고 영원하기 때문이다. 사정이 이러하니 최시인님도 시인이 많다는 말에 얼굴 붉힐 필요는 없다. 누구나 아니 모든 사람은 각자의 시를 쓰고 각자의 시를 사는 게 마땅하다. 두말 하면 입이 아프다. 이런 내 생각의 '중독성'은 다음 시를 통해 확인해볼 것이다.

생각에도 중독성이 있어
모든 건 생각하기에 달렸다고
(…중략…)

생각이 화근이 될까
가끔씩은
생각 없이 하루를 보내기도 합니다

—「생각의 모양」 중에서

이 시집에는 다른 시들과 결을 달리하는 시가 몇 편 있다. 자신의 시를 부정하는 목소리의 시가 그것들이다. "여전히 시 같지 않은/ 내 시는 시시하고// 무늬만 시가 되는/ 속절없는 절박함이여"(「무늬만 시」)가 표나게 그렇다. 이 짤막한 시는 흥미롭다. '시 같지 않은 시'라는 표현이 그렇고 '무늬만 시'라는 제목도 그러하다. 시인의 수만큼 시는 다종다양하다. 그러니 어느 것이 옳다 그르다고 할 수 있는 것은 아니다. 취향에 따라 읽게 된다. 공적인 제도의 차원에서 말하자면 시라는 영업도 예술이고자 하는 욕망을 가지고 있는 한 시는 끊임없이 새롭고자 한다. 새로운 척 하는 게 아니라 정말 새롭고자 하는 것은 시의 원초적 본능이다. 최 시인이 쓰고 있는 시시한 시라는 말이 조금 경이롭다. 시는 본래 시시한 것 이상이 아니기 때문이다. 쓸모없고 사소하고 찌질한 것들에 대한 애정이 시의 근원이다. 그러하니 시시할수록 시의 본질에 닿게 된다. 무늬만 시라는 말은 속이 너절하다는 세상말이겠지만 시에 이르면 더 없는 축복을 함축한다. 과하게 말하자면 시는 무늬다. 그 이상이 아니다. 그 이상을 말하는 시는 오히려 수상하다. 말의 무늬, 생각의 무늬가 시이기도 하다. 더 확대하면 무늬는 곧 시의 형태가 된다. 시를 쓰는 작업은 자기 형태를 발명하는 것이라는 점에서 '무늬만 시가 되는' 속절없음과 절박함은 다분히

윤리적인 고심이다. 여기서의 윤리는 무엇이 시인가에 대한 질문을 가리킨다. "시를 멀리 시집보내고 보니/ 잘 쓰여진 시들 널려 있는데// 홀로 은밀하게 아무도 읽지 않는/ 고전으로 가는 시"(「시가 뭐라고」)를 쓰고 있는 시인은 시가 무엇인가에 대한 질문을 던지고 있다. 이것은 귀한 덕목이다. 다른 시, 다른 삶을 살려는 인간이 반드시 마주하게 되는 대목이다. 새로운 글쓰기 없이 새로운 삶이 가능하지 않듯이 다른 삶이 없이 다른 시가 가능하지 않을 것이다. '시가 뭐라고'와 같은 회의적인 생각이 시와 시를 쓰는 삶을 고양시킨다. 이런 것이 시라는 맹신과 작별하고 이것은 시가 아니라는 부정어법을 관통하면서 시는 다른 모습으로 드러난다. 시는 이런 시적 헌타를 통해 구현되는 무엇이다. 앤디 워홀이 그렇고, 피카소가 그렇고, 찰리 파커가 그렇고 장 뤽 고다르가 그렇고, 홍상수가 그렇다. 우리는 다 그런 윤리적인 시를 쓰고 싶어 한다는 것. 욕망에 높낮이가 있을 수 없듯이 장 뤽 고다르와 최경숙도 같은 자리에서 출발한다. 도착 지점이 다르다는 것은 그야말로 다른 문제다. 시쓰기의 욕망은 여러 겹에서 더 이러하다. 이거 말고 딴 거 없어?

♫

시집의 3부에는 어머니에 관한 시 14편이 들어 있다.
시인이 어머니와 함께한 시간들과 어머니를 보내는 과

정, 그 후의 절절하고 적막한 심정들을 담아놓고 있다. 시인 자신이 공을 많이 들인 시편인 것 같다. 육친에 관해서 객관적인 거리를 유지하기는 쉽지 않다. 이 시편들에 대해서 뭔가 많은 말을 하려고 했으나 그만두기로 한다. 보탤 말이 생각나지 않는다. 나 역시 시인과 비슷한 경험을 가진 처지였기에 그렇다. 동병에 상련일 수도 있겠지만. 나의 경우는 최시인의 효심의 과정에 훨씬 미달한다. 그 미달감이 더 애틋한지도 모르지만. 거듭 쓰지만 나는 최시인의 어머니 시편에 대해 왈가왈부할 언어가 없다. 이런 시를 두고 분석하거나 해석하는 것이 무슨 의미가 있겠는가. 그런 토론은 쓸데없을 뿐이다. 상심이 크시겠습니다. 이 이상의 말은 췌사다. 시를 쓴 당사자는 내 말에 공감 있으실라나!

어머니 이 세상
홀연히 떠나고 보니
덜컹거리는 이 마음
나, 이제 어떡하나

—「나, 이제 어떡하나」 중에서

°F

최경숙 시인의 시를 읽으며 이 자리까지 왔다.

나도 무슨 말을 지껄였는지 모르겠다. 잘 모르는 말을

단정적으로 내뱉으며 여기까지 왔을 것이다. 입을 닫아야 할 때가 되었는데 계속 떠들고 있다는 것은 글쓰는 자의 안쓰러움이다.

최경숙 시인의 시는 크게 보아 아니 더 넓게 읽었을 때 결국 자기로 돌아가는 과정이며 자기로 견디고 싶은 언어적 무늬들이다. 순연한 자기로 남는다는 것. 그것은 또 얼마나 어려운 일인가. 이제 해설의 끝에 이르러서 끝을 맺으려니 시의 끝이 보이지 않는다. 헐.

해설 원고를 건네고 차의 시동을 걸고 있는 최시인에게 오늘 아무개 시인을 만났다는 사실을 아무에게도 발설하지 말라고 부탁했다. 차가 떠나는 바람에 대답은 듣지 못한 것 같다. 멀어지는 시인의 차를 보면서 돌아서니 가까운 듯 먼 길 위에 낯선 시가 서 있다. 춘삼월이다. 최경숙 시인의 시집, 축.